AF461150

ARVA

OU

LES HONGROIS

PAROLES DE

M. DE CHATEAU-RENAUD

MUSIQUE DE

LOUIS LACOMBE

ARVA

OU

LES HONGROIS

Symphonie dramatique en quatre parties,

PAROLES DE

M. DE CHATEAU-RENAUD,

MUSIQUE DE

LOUIS LACOMBE.

Exécutée pour la première fois au Conservatoire,
le 26 mars 1850.

Prix : 1 franc.

PARIS,
IMPRIMERIE VINCHON, RUE J.-J. ROUSSEAU, 8.

1850.

Personnages.

ARVA, fiancée de Ludwig.
LUDWIG, fiancé d'Arva.
MIKLOS, chef des racoleurs.
LE CHEF DES BOHÉMIENS.
UN BOHÉMIEN.

CHOEUR DES PAYSANS.
CHOEUR DES RACOLEURS.
CHOEUR DES LABOUREURS.
CHOEUR INVISIBLE (scène du songe).
CHOEUR DES BOHÉMIENS.
CHOEUR DES GUERRIERS.

ARVA

OU

LES HONGROIS.

Première partie.

Un village de la Hongrie. — L'intérieur de l'église.

—

INTRODUCTION.

CHOEUR DES FIDÈLES.

Gloire au Dieu tout puissant qui dore nos campagnes,
Embaume nos jardins, et verdit nos montagnes !
A genoux devant Dieu !... Que son nom respecté
Soit béni dans le temps et dans l'éternité.

ARVA, agenouillée dans le groupe des femmes.

Donnez la force et le courage
A l'époux que choisit mon cœur ;
De ses pas éloignez l'orage ;
Comme un fils aimez-le, Seigneur !

LUDWIG, avec ferveur.

Donne à ma belle fiancée,
Le doux soleil, les heureux jours ;
Aime-la pour que sa pensée
Soit blanche et sereine toujours !

Reprise du CHOEUR DES FIDÈLES.

Gloire au Dieu tout-puissant qui dore nos campagnes, etc.

ARVA ET LUDWIG.

Reçois, ô créateur des mondes,
Le parfum de ces fleurs,
Et l'or de nos gerbes fécondes
Et l'encens de nos cœurs.

CHOEUR DES FIDÈLES.

Reçois, ô créateur des mondes,
Le parfum de nos fleurs,
Et l'or de nos gerbes fécondes
Et l'encens de nos cœurs.

Sortie de l'église. (Orchestre seul.)

Morceau symphonique.

(C'est la fête du village. — Les paysans sont réunis sur la place. — Jeux et danses.)

FIN DE LA PREMIÈRE PARTIE.

Deuxième partie.

MARCHE DES RACOLEURS. (Orchestre seul.)

On entend dans l'éloignement une musique guerrière. — Chacun court au-devant des musiciens, qui arrivent bientôt sur la place suivis de la foule. — Ce sont des racoleurs. Miklos est à leur tête. Il s'attable avec ses soldats, et invite les jeunes paysans à boire avec lui.)

CHANSON A BOIRE.

MIKLOS se levant un verre à la main.

PREMIÈRE STROPHE.

La fortune est volage,
Mais la vie a du bon ;
On peut boire à tout âge,
De quoi se plaindrait-on ?
Quand arrive l'ivresse,
Au diable la tristesse !

Non, mes amis, non ce n'est pas en vain
Que saint Bacchus nous a donné le vin.

DEUXIÈME STROPHE.

Le verre en main, je rêve
Que je suis caporal ;
La bouteille s'achève,
Me voilà général !
La plus belle victoire,
Soldats, c'est de bien boire...

Non, mes amis, non ce n'est pas en vain,
Que saint Bacchus nous a donné le vin.

CHOEUR DES RACOLEURS.

Non, mes amis, non ce n'est pas en vain,
Que saint Bacchus nous a donné le vin.

MIKLOS, à Ludwig.

Pourquoi gardes-tu le silence?
Allons, chante avec nous!

LES PAYSANS, à Miklos.

Il pense
A son amour.

MIKLOS.

Moi, j'aime l'inconstance!
Le métier de soldat vaut bien celui d'amant.

Au régiment,
On vit gaîment;
On rit, on chante;
Le vin, la gloire, tout enchante
Au régiment.

CHOEUR DES RACOLEURS.

Au régiment,
On vit gaîment;
On rit, on chante
Le vin, la gloire; tout enchante
Au régiment.

LUDWIG, que Miklos a fait boire coup sur coup, se lève aussi, troublé par l'ivresse, et s'écrie avec chaleur :

D'être soldat je me crois digne !

MIKLOS, à Ludwig.

(Miklos présente à Ludwig un crayon et une feuille de papier.)

Alors bois donc... Et signe !

LUDWIG, aux paysans et aux racoleurs.

Buvez tous avec moi
A la santé du roi.

CHOEUR.

A la santé du roi !
Buvons, amis, buvons à la santé du roi !

(On entend dans l'éloignement la voix d'Arva.)

Donnez la force et le courage
A l'époux que choisit mon cœur ;
De ses pas éloignez l'orage ;
Comme un fils aimez-le, Seigneur !

LUDWIG, troublé.

Dieu !... cette voix si belle
Me trouble et me rappelle...

MIKLOS, à part.

Au diable soit l'amant !
(A ses soldats.)
Tambours, un roulement !...

TROISIÈME STROPHE DE LA CHANSON A BOIRE.

Plus d'un plaisir frivole
Comme l'éclair s'enfuit ;

La jeunesse s'envole,
La beauté se flétrit...
Pour que toujours on l'aime,
Le vin reste le même.

Non, mes amis, non ce n'est pas en vain,
Que saint Bacchus nous a donné le vin.

CHOEUR DES RACOLEURS.

Non, mes amis, non ce n'est pas en vain,
Que saint Bacchus nous a donné le vin.

CHOEUR DES LABOUREURS aux racoleurs.

Du laboureur austère
Le travail est la loi;
Le soldat de la terre
Vaut le soldat du roi.

Levés avec l'aurore,
Nous creusons nos sillons;
Les épis que Dieu dore,
Voilà nos bataillons.

Du laboureur austère
Le travail est la loi;
Le soldat de la terre
Vaut le soldat du roi.

MIKLOS, à ses soldats.

Amis, le clairon sonne.
(Montrant Ludwig.)
Il a signé; partons... Qu'il ne manque personne!
Allons, Ludwig, suis-nous...

ARVA s'est approchée du groupe des racoleurs; elle entend donner l'ordre du départ, et s'écrie avec désespoir :

Il part!... il m'abandonne!

(A Ludwig, qui d'abord ne la reconnaît pas.)

C'est impossible!... O ciel!... Ami, reviens à toi.
Ludwig, regarde-moi!

CAVATINE.

Reconnais ma voix désolée...
Tu m'as donné ton cœur;
Si tu pars, comme une exilée
Je mourrai de douleur.

Hier tu me faisais entendre
Des mots d'amour qui troublaient ma raison;
Oh! dis-moi bien que ce regard si tendre
Ne cachait pas la trahison.

Reconnais ma voix désolée...
Tu m'as donné ton cœur;
Si tu pars, comme une exilée,
Je mourrai de douleur.

LUDWIG, revenant à lui et regardant Arva avec surprise.

Arva!... que parles-tu de départ... Mais je t'aime!...
Je reste auprès de toi... je suis toujours le même...

MIKLOS ET CHOEUR DES RACOLEURS.

Non! tu nous appartiens! Vois ton engagement!
A la santé du roi n'as-tu pas bu gaîment?

LUDWIG, avec désespoir.

Malheur!... Engagé!... c'est un rêve.
Malheur! malheur!
Quel sort cruel m'enlève
Tout mon bonheur!
Je voulais, cœur fidèle,
Au pays la chérir,
Et maintenant, loin d'elle,
Je n'ai plus qu'à mourir.

CHOEUR DES RACOLEURS.

A ces discours de femme,
N'allons pas perdre un jour.
En route!... Sur notre âme,
On ne meurt plus d'amour!

Ensemble.

LUDWIG.

Engagé!... c'est un rêve.
Malheur! malheur!
Quel sort cruel m'enlève
Tout mon bonheur!
Je voulais, cœur fidèle,
Au pays la chérir,
Et maintenant, loin d'elle,
Je n'ai plus qu'à mourir.

CHŒUR DES RACOLEURS.

A ces discours de femme
N'allons pas perdre un jour;
En route!... Sur mon âme,
On ne meurt plus d'amour!

ARVA.

Engagé!... c'est un rêve.
Malheur! malheur!
Quel sort cruel m'enlève
Tout mon bonheur!
A ton serment rebelle,
Loin de moi tu veux fuir;
Si tu pars infidèle,
Je n'ai plus qu'à mourir.

CHŒUR DES PAYSANNES.

Le Seigneur nous regarde,
Tenons bien nos serments,
Et que sa bonté garde
Ces deux pauvres amants.

(Les racoleurs entrainent Ludwig.)

FIN DE LA DEUXIÈME PARTIE.

Troisième partie.

(Quelques mois se sont écoulés depuis le départ de Ludwig. Arva est seule dans sa chambre et prie pour son fiancé, dont elle n'a plus de nouvelles. Il est nuit, et le sommeil de la jeune fille est interrompu à chaque instant par des rêves pénibles.)

ARVA.

Comme la nuit est lente!...
Dans ma tête brûlante
Passent mille terreurs!...
Je suis toute tremblante
Et je verse des pleurs...

SOUVENIR ET PRIÈRE.

Mon seul amour sur terre,
O Ludwig, pense à moi;
Que l'âme de ma mère,
Que Dieu veillent sur toi!

Quand je meurs de souffrance,
En priant je renais;
Mon trésor d'espérance
Ne s'épuise jamais.

Mon seul amour sur terre,
O Ludwig, pense à moi;
Que l'âme de ma mère,
Que Dieu veillent sur toi!

(Elle s'endort *.)

* Arva croit voir Ludwig au milieu de son régiment, qui fait le siége d'une ville. Un chœur invisible lui retrace tous les incidents du combat.

RÊVE.

CHOEUR.

Assiégeant la place,
Tout le régiment
Se meut dans l'espace.
Un sourd roulement
Précipite en masse
Coursiers généreux,
Fantassins poudreux.
Du choc des armures,
D'éclatants murmures
S'élèvent dans l'air:
Le canon qui gronde
Lance avec l'éclair
La mort vagabonde.
Vois, en ce moment,
Ludwig, ton amant,
Intrépide, alerte,
Se jetant gaîment
Dans la brèche ouverte...
Du haut des remparts,
Les soldats épars
Font de toutes parts,
Et sous toutes les formes,
Plomb, feu, blocs énormes,
Pleuvoir le trépas.
La trompette sonne,
Le tocsin résonne,
L'obus éclate et tonne...

La peur n'atteint pas
Ludwig, le plus brave;
La mort, il la brave...
Mais s'il fait un pas,
Un quartier de roche,
Tombant d'une tour,
L'écrase à son tour...
Qu'importe!... Il approche...

ARVA, réveillée en sursaut.

Arrête, ô ciel! Ludwig! mon bien-aimé!...
(Revenant à elle.)
Mais non! merci, mon Dieu!... Je reconnais l'image
Où saigne du Sauveur le corps inanimé...
Ce spectacle affreux de carnage
Dans mon rêve s'était formé!

Mon seul amour sur terre,
O Ludwig, pense à moi;
Que l'âme de ma mère,
Que Dieu veillent sur toi!

FIN DE LA TROISIÈME PARTIE.

Quatrième partie.

(Un camp de Bohémiens, au milieu d'une forêt, près des ruines d'un vieux château. — Il est minuit. — Les Bohémiens sont assis autour d'un grand feu. — Ils attendent Arva, à laquelle le chef des Bohémiens a donné rendez-vous, sous prétexte de lui expliquer le rêve dont elle a été si effrayée.)

LE CALME DE LA NUIT. (Orchestre seul.)

CHANT DES BOHÉMIENS.

LE CHEF.

Nous aimons nos collines,
Loin du monde et du bruit;
Sur les vieilles ruines
Nous campons chaque nuit.
Dans les bois le vent pleure;
Des Bohémiens c'est l'heure;
Il est minuit.

CHOEUR.

A nous l'espace,
L'air du ciel, le cœur indompté,
A nous l'audace,
La liberté!

LE CHEF.

Chez nous l'argent est rare,
Nous devons l'en bénir;
La main n'est pas avare,
Qui n'a rien à tenir.

Si le présent est sombre,
Nous voyons clair dans l'ombre
De l'avenir.

CHOEUR.

A nous l'espace,
L'air du ciel, le cœur indompté,
A nous l'audace,
La liberté !

UN BOHÉMIEN, au chef.

A travers la forêt, qu'un souffle frais balance,
Vers nous un blanc fantôme à pas légers s'avance.

LE CHEF.

C'est elle ! c'est Arva, fidèle au rendez-vous.
Amis !... silence...
Éloignez-vous.

CHOEUR.

C'est Arva ! c'est Arva, c'est elle,
Fidèle
Au rendez-vous.
Silence, éloignons-nous.

(Les Bohémiens entrent dans le château en ruines.)

DUO.

ARVA, au chef.

Bravant l'horreur de cette nuit profonde,
Auprès de vous j'ose venir ;
Je sais que votre œil sonde
Les mystères de l'avenir...

Dans un rêve qui m'a glacée,
Sur mon Ludwig j'ai vu planer la mort!...
Ce rêve me poursuit et me rend insensée!...
De mon amant révélez-moi le sort.

LE CHEF.

Là-bas gronde l'orage;
Sur ma tête un nuage
Est chassé par le vent...

ARVA.

Ludwig, mon bien-aimé, dites, est-il vivant?

LE CHEF.

Une dernière étoile
En ce moment se voile;
De l'ouest à l'orient
L'oiseau de nuit passe en criant...
Là-bas gronde l'orage;
Sur ma tête un nuage
Est chassé par le vent...
C'est un funeste augure.

ARVA.

O ciel! j'ai peur...

LE CHEF.

En vain je le conjure...

ARVA.

O ciel! j'ai peur...
Une horrible douleur
Saisit mon cœur!

LE CHEF.

Arva ! ton amant vit ; mais il est infidèle.

ARVA.

Il vit !... Béni soit Dieu !... Dans mon Ludwig j'ai foi !

LE CHEF.

Ah ! sa pensée est loin de toi.
Trahir une femme si belle !...
Le soldat est volage, il change tour à tour
De garnison, et plus encor d'amour.
L'ingrat fait la guerre et t'oublie.

ARVA.

Non, non, il tient le serment qui nous lie.

LE CHEF.

Ma science est certaine et ne m'abuse pas.

ARVA.

Il échappe au trépas ;
Il est vivant !... Il m'aime !...
Bonheur suprême,
Nous garderons toujours
Nos premières amours !

LE CHEF.

Eh bien ! je dois donc te l'apprendre !
Je t'adore... A mes vœux
Il faut te rendre ;
Tu m'appartiendras !... Je le veux !

ARVA.

Céder serait un crime;
J'en frisonne d'horreur.
Cet amour que j'exprime
Est vivant dans mon cœur!

LE CHEF.

Ah! l'amour qu'elle exprime
M'enflamme de fureur,
Et je veux, comme un crime,
L'arracher de son cœur?

Ensemble.

ARVA.	LE CHEF.
Céder serait un crime, etc.	Ah! l'amour qu'elle exprime, etc.

(Pendant la fin de ce morceau, les Bohémiens sont sortis du château et se sont approchés silencieusement de leur chef et d'Arva, qu'ils entourent.)

CHOEUR DES BOHÉMIENS.

Ah! quelle aubaine!
Le capitaine
Est amoureux;
Pour une fille,
Fraîche et gentille,
Quel sort heureux!

Sèche tes larmes,
Et plus d'alarmes,
Jeune beauté;
Lève la tête,
Car chacun fête
Ta royauté.

Aux jours prospères,
Le choc des verres
Retentira.
Orgie et danse,
Indépendance,
La vie est là!

LE CHEF, aux Bohémiens.

Mes amis, qu'on l'entraîne!

ARVA.

Laissez-moi fuir!...

LE CHEF.

Esclave ou reine,
Il faut choisir!

CHOEUR DES BOHÉMIENS.

Il faut partir; ta plainte est vaine,
Dieu n'entend pas;
Le chef l'ordonne; esclave ou reine,
Tu nous suivras!
Toujours à nous! Le vent emporte
Pleurs et discours;
C'est le destin : Vivante ou morte,
A nous toujours!

ARVA, se dégageant d'au milieu des Bohémiens et avec indignation.

Soyez maudits, infames,
Monstres d'iniquité;
A vous bientôt les flammes
Pendant l'éternité.

O Dieu puissant ! que ta colère
Venge ces attentats ;
Que fais-tu donc, tonnerre,
Si tu n'éclates pas?

CHOEUR DES BOHÉMIENS.

Elle est vraiment piquante
Dans ses saintes fureurs;
Sa beauté provoquante
Brille à travers ses pleurs.

Il faut partir ; ta plainte est vaine,
Dieu n'entend pas ;
Le chef l'ordonne ; esclave ou reine,
Tu nous suivras !

LE CHEF.

En marche, la Bohême !

(Les Bohémiens cherchent à entraîner Arva.)

ARVA.

Sur vous tous, anathème !...
A moi, Ludwig !... A moi !

LE CHEF.

Tes cris sont superflus.

ARVA.

A moi, Seigneur !

LE CHEF.

Tes cris ne sont pas entendus !

(Une marche guerrière retentit dans les montagnes. — Le chef des Bohémiens monte sur un bloc de rochers, et regarde avec terreur autour de lui.)

LE CHEF, aux Bohémiens.

Grands dieux ! Un régiment s'approche,
Il va cerner la roche ;
Les instants sont courts,
Fuyons !

ARVA.

Au secours ! au secours !

CHOEUR DES BOHÉMIENS.

Un régiment s'approche,
Il va cerner la roche ;
Les instants sont courts,
Fuyons !

ARVA.

Au secours ! au secours !

LES BOHÊMIENS.

Laissons là cette belle,
A tes désirs rebelle,
Et pour d'autres pays
En route, mes amis !
Fuyons !

(Orchestre seul.)

(Les Bohémiens prennent la fuite et abandonnent Arva.)

LUDWIG.

J'accours à ce cri qui m'appelle !
Je te revoi ;
D'un ravisseur la main cruelle
Voulait te séparer de moi...
A mes serments je suis toujours fidèle ;
Je te revoi !

ARVA.

Le ciel a pitié de mes larmes;
C'est toi qui préserves mes jours!
Le ciel t'avait donné des armes
Pour mieux protéger nos amours!

LUDWIG.

Si tu réponds à ma tendresse,
Arva, tous nos maux sont finis;
Pour nous il n'est plus de tristesse,
Puisque Dieu nous a réunis!

Ensemble.

ARVA.	LUDWIG.
Le ciel a pitié de mes larmes;	Le ciel a pitié de tes larmes;
C'est toi qui préserves mes jours!	C'est moi qui préserve tes jours!
Le ciel t'avait donné des armes	Le ciel m'avait donné des armes
Pour mieux protéger nos amours!	Pour mieux protéger nos amours!

CHOEUR DES GUERRIERS.

RÉCITATIF MESURÉ.

Couronné par la gloire,
Pour lui c'est un beau jour;
A nos chants de victoire
Il mêle un chant d'amour.

Hachés par la mitraille,
Héroïques lambeaux,
Dans la bataille,
Dieu guida nos drapeaux.

Salut, terre chérie,
Qui nous revois vainqueurs;
A toi, patrie,
Et nos bras et nos cœurs!

FIN D'ARVA.

CATALOGUE

DES

ŒUVRES DE M. LOUIS LACOMBE.

	Éditeurs.
Op. 1. — Grand caprice, pour piano. 2. — Les Adieux à la Patrie, caprice, pour piano. 3. — Valse artistique, pour piano. 4. — Élégie pour violon, avec accompagnement de piano.	H. Lemoine.
5. — Une scène de Bal, fantaisie pour piano. 6. — Duo à deux pianos, sur le *Freyschütz*. 7. — Duo pour piano et violon, sur *Oberon*. 8. — Quatre Nocturnes.	Colombier.
9. — Duo pour piano et violon, sur *Richard*.	Al. Leduc.
10. — Etudes dédiées à sa mère.	Heugel.
11. — Il faut mourir, scène pour voix de soprano.	Bonoldi.
12. — Grand trio, pour piano, violon et violoncelle.	Schönenberger.
13. — Grand galop. 14. — Le Retour du Guerrier, fantaisie dramatique.	A. Leduc.
15. — Une Chanson des Champs, mélodie pour piano et violon.	Fleury.
16 — Mélodie pour piano.	Al. Leduc.
17. — Trois nocturnes pour piano.	Philippe.
18. — Trois Mélodies. 19. — Grandes études.	Colombier.
20. — Hommage à Thalberg, fantaisie sur *Beatrice di Tenda*.	Heugel.
21. — Polonaise.	Escudier.
22. — Les harmonies de la Nature.	Chabal.

		Éditeurs.
Op. 23.	Duo à quatre mains, sur la *Péri*	COLOMBIER.
24. —	Trois Nocturnes	COLOMBIER.
25. —	Duo pour piano, sur *Zampa*	MEISSONNIER.
26. —	Grand quintette pour piano, violon, violoncelle, hautbois et basson	RICHAULT.
27. —	Cora, valse	BENACCI.
28. —	Une scène de l'*Inondation*, air pour mezzo soprano	BENACCI.
29. —	Valse de concert	MEISSONNIER.
30. —	Mélodie pour violoncelle ou violon avec accompagnement de piano	FLEURY.
31. —	Grande fantaisie dramatique sur les *Huguenots*	BRANDUS.
32. —	Le Chevalier et la jeune Fille, mélodie	FLEURY.
33. —	Sonate de salon	COLOMBIER.
34. —	Duo pour piano et violon, sur le *Freschütz*	COLOMBIER.
35. —	Trois Nocturnes	MEISSONNIER.
36. —	Ronde fantastique	RICHAULT.
37. —	Duo pour piano et violon, sur les *Puritains*	HEUGEL.
38. —	Douze études de salon	COLOMBIER.
39. —	L'Ondine et le Pêcheur, paroles de Th. Gauthier	RICHAULT.
40. —	Choral, étude de concert	HEUGEL.
41. —	Étude en octaves	HEUGEL.
42. —	La Bacchanale, étude de concert	HEUGEL.

Ouvrages inédits.

Manfred, symphonie dramatique en quatre parties, paroles de M. de Château-Renaud.

Ouverture en si mineur.

Une nuit qu'on entendait la Mer sans la voir, paroles de M. V. Hugo.

La Tombe dit à la Rose, paroles de M. V. Hugo.

Nuits de Juin, paroles de M. V. Hugo.

Grande Sonate pour piano.

Trio pour piano, violon et violoncelle.

Duo pour piano et violon, sur *Euryante*.

Sous presse :

L'Ouverture du *Jeune Henri*, arrangée pour piano seul. (ESCUDIER.)

www.ingramcontent.com/pod-product-compliance
Ingram Content Group UK Ltd.
Pitfield, Milton Keynes, MK11 3LW, UK
UKHW020226180726
13838UKWH00005B/2222